AF451627

Vente le Samedi 1er Février 1868

OBJETS D'ART

ET

DE CURIOSITÉ

ARMES, FAIENCES, ÉMAUX

Exposition publique le Vendredi 31 Janvier 1868.

Mᵉ CHARLES PILLET, | CARLE DELANGE,
COMMISSAIRE-PRISEUR | EXPERT

1868

CATALOGUE

D'OBJETS D'ART

ET DE CURIOSITÉ

**Armes orientales et occidentales;
Faïences italiennes et autres ; — Émaux de Limoges;
Jolis Bronzes des XVIe et XVIIIe siècles;
Ivoires ; — Orfévrerie ; — Objets divers.**

DONT LA VENTE AURA LIEU

HOTEL DROUOT, Salle N° 2

Le Samedi 1er Février 1868

A DEUX HEURES ET DEMIE.

Par le ministère de Mᵉ **Charles Pillet**, Commissaire-Priseur,
11, rue de Choiseul,
Assisté de M. **Carle Delange**, Expert, quai Voltaire, 5.

Chez lesquels se trouve le présent Catalogue.

EXPOSITION PUBLIQUE

Le Vendredi 31 Janvier 1868, de une heure à cinq heures.

CONDITIONS DE LA VENTE

Elle sera faite au comptant.

Les adjudicataires payeront *cinq pour cent* en sus des enchères.

L'exposition mettant le public à même de se rendre compte de
l'état des objets, il ne sera admis aucune réclamation une fois
l'adjudication prononcée.

1076. — Paris. Imp. de PILLET fils aîné, rue des Grands-Augustins, 5.

DÉSIGNATION DES OBJETS

Armes

1 — Très-beau casque à visière ou heaume en fer forgé, entièrement décoré d'arabesques et figures d'animaux gravés. Il porte sur la visière et sur le col une inscription.

Travail italien du XVIᵉ siècle.

2 — Belle épée à garde contournée en fer forgé et ciselé, décorée d'ornements et de cartouches renfermant des sujets guerriers. La lame porte le nom de Pedro Hernandez.

Travail milanais du XVIᵉ siècle.

3 — Jolie masse d'armes en fer, dont le manche et les ailerons sont damasquinés d'argent.

Travail italien du XVIᵉ siècle.

4 — Bâton de capitaine de galère, dont les deux extrémités sont décorées de trophées et d'attributs guerriers en bronze doré.

Travail vénitien du XVIᵉ siècle.

5 — Armure persane, composée de la cotte de mailles, l'armure, les brassards et le casque, le tout gravé en relief et damasquiné d'or.

6 — Sabre de Rajah, avec poignée en fer damasquiné d'or, lame en damas et fourreau garni de sa monture.

Travail indien.

7 — Autre sabre de Rajah, avec poignée damasquinée d'or et garnie de turquoises, lame en damas et fourreau en étoffe avec garniture en cuivre doré.

Travail indien.

8 — Coutar ou Kathar, avec poignée en acier damasquiné d'or, large lame en damas, fourreau en velours brodé d'or et d'argent.

Travail persan.

9 — Autre analogue à lame quadrangulaire.

10 — Marteau d'armes à pointe en acier damasquiné d'or, avec manche garni entièrement en argent repoussé.

Travail persan.

11 — Masse d'armes en acier damasquiné d'or ; le manche, garni de chagrin, est terminé par une poignée en acier également damasquiné.

Travail persan.

12 — Masse d'armes en acier damasquiné d'or, avec manche garni de cuivre avec monture et poignée en argent repoussé.

Travail persan.

13 — Hache d'armes en acier damasquiné d'or, manche recouvert de chagrin avec poignée et monture en argent repoussé.

Travail persan.

14 — Hache d'armes en acier damasquiné d'or, le manche garni de chagrin est terminé par une poignée également damasquinée.

Travail persan.

15 — Yatagan avec poignée en ivoire garnie d'argent, superbe lame en damas et fourreau en argent repoussé.

Travail oriental.

16 — Petit yatagan à lame en damas, avec poignée et fourreau en argent repoussé et doré par parties.

Travail oriental.

17 — Kandjar avec poignée et lame en damas damasquinée d'or et fourreau en velours avec garniture d'argent doré et repoussé.

Travail oriental.

18 — Khandjar avec lame en damas et poignée et fourreau en cuivre émaillé et cloisonné.

Travail persan.

19 — Poignard avec manche en jade vert sculpté, lame en damas et fourreau en étoffe avec garniture en argent enrichie de grenats et turquoises.

Travail persan.

20 — Poignard avec manche en jade blanc sculpté, lame en
damas et fourreau en étoffe avec garniture d'argent enrichie de perles fines, turquoises et grenats.

Travail persan.

21 — Poignard à manche en dent d'hippopotame garni
d'argent, lame droite en damas et fourreau garni d'argent
repoussé.

Travail oriental.

22 — Petit poignard avec poignée en corne garnie d'argent
et fourreau en cuir avec garniture en argent repoussé et
ciselé.

Travail turc.

23 — Coutelas à lame recourbée, poignée en argent garnie
de filigrane, fourreau en velours avec garniture d'argent
filigrané.

Travail turc.

24 — Coutelas avec lame et poignée en damas, enrichi de
damasquine d'or.

25 — Sabre chinois avec poignée en cuivre doré et ciselé
garni de ficelle de soie, lame en acier et fourreau en ga-
luchat avec garniture de cuivre doré et ciselé.

26 — Kriss malais, avec poignée en bois sculpté avec fourreau en argent repoussé.

27 — Trois couteaux japonais avec poignée en ivoire, bois
de cèdre et bois de fer sculpté.

28 — Arc japonais en bois laqué et doré.

29 — Ceinture, poire à poudre et deux cartouchières en velours brodé d'or et d'argent.

Travail égyptien.

Curiosités et Objets divers

30 — Deux très-beaux flambeaux en bronze à pieds évasés et larges plateaux entièrement couverts d'arabesques finement gravées.

Travail vénitien du xvi° siècle.

31 — Joli flambeau en bronze à pied évasé et à balustre richement décoré d'arabesques et de mascarons d'une grande finesse d'exécution.

Travail italien. xvi° siècle.

32 — Deux flambeaux en bronze, à balustre et pied évasé, décorés de feuillages et animaux chimériques.

Travail italien. xv° siècle.

33 — Statuette de femme en bronze. Elle est nue et assise sur une terrasse ornée de rinceaux.

Composition de Falconet, sur socle cannelé en marbre blanc.

34 — Charmante statuette en bronze doré représentant

l'Amour tenant d'une main une corne d'abondance et de l'autre une oie, sur socle en jaspe monté en bronze.

Travail italien, fin xvi⁰ siècle.

35 — Figure de satyre agenouillé en bronze.

Travail italien. xvi⁰ siècle. Les bras manquent.

36 — Grande Paix en bronze, représentant l'Adoration de la Vierge, formant monument avec base et fronton supporté par deux anges et découpé à jour.

Travail italien, fin du xvi⁰ siècle.

37 — Très-jolie plaquette de forme carrée, représentant Curtius se précipitant dans le gouffre. Le cavalier se détache presque entièrement en relief sur le fond.

Travail italien du xv⁰ siècle.

38 — Jolie médaille représentant Marie d'Angleterre. Elle est vue de profil avec l'inscription : *Maria. I. Reg. angl. franc. et hib. fidei defensatrix.* Au revers, la Paix avec l'inscription : *Cecis visus, timidis quies.*

39 — Jolie médaille de Dupré. D'un côté Anne d'Autriche avec l'inscription : *Maria Augus. Galliæ et Navaræ regina.* et de l'autre, Louis XIII. *Ludovic. XIII. D. G. Francor; et Navaræ Rex.*

40 — Deux petites aiguières en bronze doré, décorées de feuillages et d'arabesques en relief.

Travail italien du xvi⁰ siècle.

41 — Petite plaquette en bronze doré, représentant le frappement du rocher.

Italien. XVIᵉ siècle.

42 — Très-jolie custode hexagone richement décorée d'arabesques finement ciselées. Le couvercle à imbrications est surmonté d'une croix.

Travail italien du XVIᵉ siècle.

43 — Encensoir en cuivre en forme de boule, repercé à jours et décoré d'animaux chimériques.

Travail italien du XIIᵉ siècle.

44 — Buire de forme aplatie et à pans en cuivre, entièrement couverte d'arabesques et d'entrelacs.

Travail oriental.

45 — Lustre flamand en cuivre poli, à douze lumières.

46 — Cadre renfermant deux émaux représentant l'Annonciation, l'Ange et la Vierge.

Signés IL. (Jean Limousin.)

47 — Superbe plat représentant Persée délivrant Andromède, entièrement couvert de reflets or et rubis d'une vigueur remarquable. Fabrique de Gubbio, par Mᵒ Giorgio.

48 — Joli plat drageoir représentant au centre un Amour, la bordure couverte de riches arabesques chimériques et mascarons, rehaussés de très-beaux reflets rouges et or.

Fabrique de Gubbio. Signé au revers, D.

49 — Joli plat à bordure d'arabesques chimériques sur fond bleu. Au centre un buste de femme avec le nom de Jus-

tina sur une banderolle. Il est rehaussé de reflets or et
rubis.

Fabrique de Gubbio, date 1537, et marqué d'une signature presque illisible.

50 — Joli drageoir à bordure d'arabesques bleues sur fond orange. Au centre une figure de philosophe.

Fabrique de Faenza.

51 — Joli drageoir à fond gris bleu et bordure de couleur, décoré d'ornements bleus foncés rehaussés de blanc. Au centre un trophée.

Fabrique de Faenza.

5? — Couvercle de coupe d'accouchée, décoré extérieurement d'un sujet représentant des enfants de différents âges en costume du XVIe siècle, l'un d'eux dans un chariot d'enfant. A l'intérieur un Amour.

Fabrique d'Urbino.

53 — Belle plaque en faïence représentant la Madone, à gauche et à droite deux donataires en costume du XVe siècle.

Fabrique de Faenza.

54 — Jolie petite plaque carrée représentant la Vierge et l'enfant Jésus, avec l'inscription *Santa Maria ora pro nobis* et la date 1492.

Fabrique de Caffagiolo.

55 — Beau plat siculo-arabe à reflets métalliques dorés et rehaussés de riches ornements en bleu.

55 *bis* — Autre plat siculo-arabe à décor de godrons en spirale et rehaussé de reflets cuivreux et d'ornements bleus.

56 — Deux grands vases à anses, décorés d'ornements bleus sur blanc.

Fabrique du nord de l'Italie du xviie siècle.

57 — Deux cache-pots en faïence, à décor bleu sur blanc.

Fabrique de Rouen.

58 — Bouteille en celadon vert.

Travail chinois.

59 — Bouteille pyriforme à décor bleu sur blanc, représentant des cerfs et biches dans un paysage.

Faïence de Perse.

60 — Vidrecome en argent repoussé et gravé. Le vase forme trois zônes représentant des sujets de chasse et de pêche, séparées par des frises d'ornements émaillés. Le couvercle est surmonté d'un groupe d'animaux portant des écussons armoiriés aux armes des quatre cantons, et supportant un lion tenant une épée, le globe de l'empire germanique et un écusson émaillé.

Travail allemand dans le style du xvie siècle.

61 — Coupe à boire formée par un bouc dressé sur ses jambes, en argent repoussé et gravé.

Travail allemand.

62 — Petit reliquaire formant bénitier en argent niellé, surmonté d'une croix et garni de cristal de roche, et renfermant une miniature de sainte Ursule.

Fin du xvi° sièle.

63 — Grand et beau vase à boire, à anse et couvercle en ivoire sculpté, la panse décorée d'un sujet de bacchanales, l'anse formée d'un rinceau supportant une figure assise. Sur le couvercle un groupe de Bacchus jeune supporté par des enfants.

Travail allemand dans le style du xvii° siècle.

64 — Deux fous et un éléphant en ivoire sculpté.
xvi° siècle.

65 — Deux écuelles à couvercle en cuivre, décorées de fleurs et rinceaux en émail de couleur sur fond d'émail blanc.

Travail oriental du commencement du xvii° siècle.

66 — Jolie petite montre d'abbesse en forme de croix, en cristal de roche taillé.

Travail allemand du xvi° siècle.

67 — Petit portrait de femme en cire, revêtue d'un costume de la fin du xvi° siècle.

Travail français.

68 — Hanap en verre de Venise bleu foncé, à flammes d'émail blanc.

69 — Miroir en bois décoré d'ornements et d'arabesques dorés; de chaque côté des ornements en relief.

Travail vénitien du xvi° siècle.

70 — Quenouille et étui en bois sculpté richement décoré de figures et d'arabesques.

Travail italien du XVIIe siècle.

71 — Petite bordure en bois sculpté et doré. Louis XV.

72 — Autre bordure en bois sculpté et doré. Louis XVI.

73 — Petit flacon en émail de Saxe, avec sujet très-fin d'exécution.

74 — Petit portrait de femme peint à l'huile sur cuivre, avec cadre en cuivre doré et ciselé.

75 — Petit portrait de femme peint en miniature sur ivoire, avec cadre en cuivre doré et ciselé.

76 — Jolie miniature. Portrait de Sophie Gay, par Isabey.

77 — Tête et fragment en terre cuite.

78 — Socle en écaille incrusté de cuivre. Louis XIII.

79 — Sous ce numéro seront vendus les objets omis au présent catalogue.

9 782329 450209